# Toi et moi à San Diego

Conception de la couverture et mise en pages : Karine Raymond
Révision littéraire : Le pigeon décoiffé
Révision linguistique : Marie-Claude Lavoie
Photo : Magali Eysseric

ISBN EPUB : 978-2-9820729-0-9
ISBN PAPIER : 978-2-9820729-2-3

Dépôt légal,
Bibliothèque et Archives nationales du Québec, 2023.

Karine Raymond

# Toi et moi à San Diego

Nouvelle

NOVEMBRE

Quiconque a posé le pied dans les villes célèbres de ce monde peut valider l'affirmation suivante : les Québécois sont partout.

J'avais voyagé ici et là sans toutefois obtenir la palme de l'aventurière de l'Asie ou de l'Antarctique, nécessaire pour impressionner les citadins branchés. Un séjour à Londres, une tournée traditionnelle de l'Italie, une marche sur la ligne rouge de Boston en revenant par – je vous en prie, ne le dites à personne – Wells Beach. Bien sûr, à Wells, avec ses pancartes bilingues, on s'attendait à tomber sur un ou deux mille Québécois. Cependant, ce printemps-là, j'avais atterri à l'autre bout du continent américain : la côte ouest.

Au début juin, ma compagnie de services informatiques m'avait envoyée à San Diego. Construite dans un désert, cette ville arborait des coins de rue trop verts, qui éveillaient mes soupçons sur l'origine synthétique des gazons. Là où, jadis, les coyotes chassaient parmi les cactus, s'élevait maintenant une ville évoquant les décors de cinéma : faux et vides entre deux bourrasques de congressistes.

Au lendemain de mon arrivée, j'étais déconfite et sans entrain : mon état normal après une journée en avion. J'avais donc profité du dimanche pour me promener sur l'allée piétonnière longeant la baie. Sur mon chemin, j'avais trouvé l'activité idéale pour mon niveau d'énergie : une croisière. Ne lésinant pas sur les dépenses, j'avais opté pour la grande expédition de deux heures. Une fois sur le bateau, je m'étais félicitée d'avoir su tirer parti de cet après-midi ensoleillé.

La promenade se résumait à une publicité pour l'armée : une ode à l'école de la US Navy, l'évocation du mystère de l'entrepôt militaire de la presqu'île Coronado, puis la tournée d'une dizaine de quais et de grues dédiés à la construction et à la réparation de porte-avions. Une plage et son hôtel de luxe, sur la presqu'île, détendaient l'atmosphère paranoïaque créée par le vrombissement des hélicoptères traversant le ciel toutes les trente minutes. Si les paysages côtiers dignes d'une carte postale manquaient à l'appel, les blagues du capitaine, que je captais entre deux grincements de micro, réussissaient à me divertir. Au retour de la croisière, j'avais localisé l'épicerie la plus proche de mon hôtel pour faire des réserves de gâteries.

Les quatre jours suivants, remplis de conférences sur l'infonuagique, s'étaient écoulés rapidement.

D'une salle à l'autre, j'avais bourré mon cahier de notes, dans lequel j'écrivais exclusivement à l'encre bleue. Et au moindre commentaire d'un de mes voisins, je lui servais ma réplique science-trop-classe : « Savais-tu que le cerveau assimile mieux ce qui est écrit à la main ? »

Le vendredi matin, j'avais déambulé sans but. Près d'un porte-avions transformé en musée, j'avais entendu deux amies discuter avec le délicieux accent qui nous distingue des autres francophones. J'avais souri en commençant le décompte dans ma tête : *deux à San Diego, deux à Londres, six en Italie, trois à Boston* et bon, ne revenons pas sur Wells.

Les nuages s'étaient retirés à dix heures trente, mon cellulaire affichait vingt-deux degrés Celsius. La journée resterait au beau fixe jusqu'au soir, à l'image des jours précédents. L'heure de dîner approchait, des itinérants sillonnaient les rues avec leurs paniers d'épicerie bondés de couvertures, de vêtements et de bacs divers, tout en écoutant les succès de l'heure sur des radios des années quatre-vingt. Armée de mon enthousiasme de vacancière, j'avais navigué à travers le labyrinthe de panneaux fléchés jusqu'aux guichets du musée USS Midway. Le porte-avions orné de lumières de Noël avait réussi à piquer ma curiosité. Étrange idée, tout de même, que d'illuminer gaiement un engin de mort. Avec un brin de culpabilité, j'avais déboursé vingt-six dollars pour ce qui, après en avoir visité les dortoirs, m'avait laissé un arrière-goût de prison mobile.

Sur place, les commis et les anciens militaires du USS Midway affichaient une royale bonne humeur. Je réalisais que les États-Uniens avaient certes quelques défauts – comme le choix de leur président le démontrait la plupart du temps –, mais qu'ils savaient plaire aux touristes. Enfin, si ce coin de pays ressemblait aux autres États, s'entend. Au cours de mon séjour, jamais une ado désabusée ne m'avait ignorée dans une crémerie ou un guichetier n'avait maugréé dans sa cabine. Ils m'écoutaient baragouiner leur langue avec le sourire. Mais parfois, ils étaient trop contents à mon goût de Montréalaise, habituée à payer ses articles à la pharmacie sans croiser le regard de la caissière.

Dès l'entrée du musée, une poussière métallique m'avait collé aux narines. J'avais suivi le troupeau de touristes dans un hangar dénudé pour atterrir au poste de distribution des dispositifs de visites guidées interactives. Pendant que je plaçais le casque d'écoute sur ma tête, j'essayais de ne pas imaginer toutes les oreilles qui s'y étaient collées. Bien que je sois fatalement contre les produits antibactériens, je résistais mal à la psychose des microbes caractéristique de mon siècle. Je déambulais dans les couloirs étroits en réfléchissant à toutes ces publicités hallucinantes qui vantaient les pouche-pouche de toilette, de comptoir, de rampe d'escalier ou de sofa, qui éliminaient 99 % des odeurs, ou pire, des «vilaines» bactéries. Ces produits éveillaient toujours en moi la même réflexion: était-ce l'aura d'impureté, longtemps projetée autour de la femme et son sexe, qui la poussait aujourd'hui à aseptiser chaque millimètre carré de son environnement? Arrivée sur le pont, oubliant ma théorie honorable, j'avais plissé les yeux sous la lumière crue. Mon voisin d'enfance était assis sur un banc, près d'un avion gris sur lequel on avait peint un œil effilé, des lèvres rouges et des dents blanches pointues, rappelant le style d'une bande dessinée. La bouche entrouverte d'étonnement, j'avais ajouté un Québécois à mon décompte. *Trois à San Diego.*

Ce n'était pas monsieur Yaseen, mon sympathique voisin passionné des îles Galapagos et de Scrabble. Non. C'était Raphaël, la source de trop nombreux fantasmes. *Fuck!* Oups! Je ne devais pas prononcer le *F word* en pays anglophone.

Adolescent, Raphaël était imbu de lui-même, hyper conscient de sa beauté, en plus d'être fils de deux médecins et premier de classe. Que dire de plus? Je rêvais alors qu'il me remarque même si j'étais persuadée qu'on ne s'entendrait pas. À la même époque, mon bulletin scolaire, impeccable, me gonflait de fierté. Mais c'était là notre seul point commun.

Rebelle anti-rose à l'adolescence, je m'insurgeais contre les diktats féminins. Je déclamais des discours tels que «Qui a décidé que c'était comme ça, une fille, hein ? Tsé, au XVIII$^e$ siècle, les femmes ne se rasaient pas et ne se brossaient jamais les dents ! Et c'était ça être "normale" pour l'époque ! ». J'étais aussi cassante que le *ck* du Annick qui me servait de prénom. Et hormis Sylvie qui partageait mes convictions, mes copines me trouvaient gentiment divertissante. Ce qui, bien sûr, attisait ma verve.

Cependant, en secret, je me comparais à chaque nouvelle amoureuse de Raphaël : des jeunes filles de bonne famille, en pleine possession de leur sensualité, un chemisier fleuri ouvert juste assez pour dévoiler la naissance de leur poitrine rebondie. Mon obsession pour mon voisin découlait du désir ardent de conquérir mon premier *chum*, et j'en éprouvais une honte profonde.

Figée entre Raphaël et deux touristes basanés concentrés sur les explications de l'avion à dents, je m'étais convaincue que la présence de Raphaël était impossible. Pas là, exactement au même endroit et à la même heure que moi au bout du continent. Bon sang ! Quelle malchance ! Je l'avais scruté pendant qu'il buvait sa bouteille d'eau avec une satisfaction souveraine. Il avait toujours sa tache de naissance à la base du cou et son aura de Maître Charmeur. Re-*F* ! Tant pis pour les photos d'avion pour mon père, j'avais complété la visite en coup de vent et fui à mon hôtel, dévorée de souvenirs plus détestables les uns que les autres.

Le lendemain, je m'étais réveillée débordante d'énergie, prête à explorer le Balboa Park, dont on m'avait vanté les musées. J'avais oublié ma rencontre désagréable du USS Midway, convaincue que je ne croiserais pas Raphaël de nouveau. Ma journée s'était passée sans encombre, et j'avais même fraternisé avec un couple de Belges, qui m'avait surprise en train de me parler à moi-même en français. Comme quoi cette manie de célibataire me rendait parfois service.

De retour à ma chambre, je m'étais endormie sur un roman, l'après-midi avait filé en un clin d'œil. Ensuite, je m'étais installée sur une chaise longue pour profiter des derniers rayons au milieu de la cour animée de l'hôtel. Pour une habituée des forêts canadiennes, les palmiers m'apparaissaient dégarnis, et leur écorce lisse grisâtre, semblable à de la pierre, donnait une impression de sécheresse malgré les deux piscines qui souhaitaient nous faire croire le contraire. J'avais ouvert mon cellulaire, lu mes messages. Mon amie Sylvie rugissait contre les bouchons de circulation à Montréal. J'avais ricané en lui envoyant une photo de mes pieds dans l'eau turquoise, accompagnée d'un émoji de démon souriant. Pauvre Sylvie, j'étais une terrible amie.

Cachée derrière mes lunettes fumées, j'avais remis mon téléphone dans mon sac à dos afin de savourer le sentiment de liberté. Cette sensation fragile qui s'estompait si facilement quand je franchissais la porte du bureau. Quand l'ombre s'étira jusqu'à ma chaise, j'avais enfilé ma veste à capuchon. L'air transportait une odeur irrésistible de viandes grillées émanant du restaurant de l'hôtel. Voilà, je touchais presque à ma minute annuelle de bonheur pur. Elle fleurirait sur mon prochain soupir : sublime, rédemptrice, nécessaire. J'avais inspiré et…

—Non ! Impossible ! Annick ? Annick Dupuis ? *C'est pas vrai !*

—Hé !, avais-je répondu avec un sourire forcé adressé à l'homme qui venait de gâcher ma béatitude.

J'avais écarquillé les yeux en voyant son visage. Qu'est-ce que Raphaël foutait à *mon* hôtel en maillot de bain, une serviette blanche sur l'épaule et le corps juste assez humide pour éveiller des idées folles ?

—Tu te souviens de moi ? Raphaël Gauthier !

—Raphaël ? Oh, euh… le voisin ?

J'avais feint la surprise, tout en affichant un air désintéressé. Après s'être installé sur la chaise d'à côté, il m'avait fixée, ébahi.

—Wow ! C'est incroyable ! Écoute, ça fait combien ? Quinze, vingt ans ?

J'avais ma casquette, mes lunettes de soleil, une veste trop grande, et dix-neuf ans de plus… mais comment diable m'avait-il reconnue ? Une vague de colère avait monté en moi tandis qu'il m'expliquait avoir pris quelques jours de congé avant le début de son congrès. Pris d'un élan festif, Raphaël avait commandé deux bières au serveur qui se baladait avec le menu accroché à la taille.

*F, F* et re-*F.*

Ma bière terminée, j'avais prétexté un souper avec une collègue pour me débarrasser de son agressante perfection. Dans ses yeux brun amande, j'avais lu une légère déception. La perspective de me retrouver seule un samedi soir ne me souriait pas non plus, mais tout sauf *avec lui*. Il avait étalé sa vie comme du beurre d'arachide sur du pain blanc frais : c'est riche, ça sent fort et ça déchire la tranche.

De retour à ma chambre, j'avais rejoué la scène dans ma tête : Raphaël qui gonflait la poitrine de fierté en annonçant son métier. Sans surprise, il était médecin. Et, pour couronner le tout, il s'était spécialisé en neurologie. Exactement la branche que j'aurais choisie si la vocation de sauver des vies pendant des heures interminables avait illuminé ma voie. J'avais préféré l'informatique : solitaire devant mon écran dans un bureau tranquille. Le métier de l'avenir, selon mon orienteur du secondaire. En effet, en ce qui concerne les emplois, j'avais eu l'embarras du choix dès la sortie de l'université. Par contre, le bureau tranquille s'était soldé par une terrible désillusion. Je travaillais dans un cubicule drabe, ceinturé de cloisons si basses que j'apercevais le coco dégarni de mon voisin. Les sons résonnaient comme dans une boîte de conserve, et mes patrons mettaient leurs gros yeux de Monsieur Patate si j'ignorais leurs messages durant la fin de semaine. À leur avis, je devais me dévouer corps et âme à la compagnie – comme un médecin de garde –, mais sans recevoir un dollar de plus. J'aurais pu tolérer cette ambiance polluée, mais la cerise sur le *sundae* restait à venir : ma cupidité m'avait orientée vers le poste de chef d'équipe. Oui, chef d'*équipe*. Selon les ragots que j'avais interceptés, mes collègues me craignaient autant qu'ils m'appréciaient. Depuis, je n'arrivais pas à déterminer laquelle de ces considérations était un compliment.

Barricadée à double tour avec l'affichette *Quiet Please* accrochée à ma poignée de porte, je m'étais sentie un peu mieux. Par chance, j'avais déjà acheté une tonne de victuailles à l'épicerie du coin. Du vin, du fromage, des beignes poudrés, des croustilles de maïs, etc. Je dégustais ma salade aux fèves edama-quelque-chose – d'ailleurs, c'était quoi exactement ce truc vert que je mangeais en continu depuis une semaine ? – en regardant la télévision sans l'écouter. Mes pensées divaguaient entre partout et nulle part. Assise en tailleur sur le lit, mon deuxième verre d'alcool entamé, je laissais fondre mes barrières naturelles contre le monde, contre la vie.

Je songeais à Raphaël, à son sourire franc. Il semblait sincèrement heureux de m'avoir rencontrée, et si je fouillais au fond de moi, j'entrevoyais une part de plaisir à le retrouver aussi. Je me remémorais toutes les fois où il avait osé partager avec moi ses réflexions profondes et que je lui avais remis sous le nez ses conceptions arriérées de la société. J'avais eu pitié de lui un court moment avant de rire aux éclats. Une goutte de vin était passée par le mauvais trou, et j'avais toussé pendant cinq minutes.

Revisiter mon adolescence me rappelait la maison trophée de mon beau-père, dont la moitié des pièces servait principalement à épater les convives et à accumuler la poussière. À cette époque, ma mère s'était entichée d'un doberman entrepreneur, qui la manipulait avec la bonne vieille technique *good cop, bad cop*. « Détester » ne traduisait pas mon sentiment envers le doberman : « exécrer » m'apparaissait plus juste. Même s'il ressemblait aux autres conjoints de ma mère, il offrait un bonus considérable : il me jetait des regards dédaigneux, critiquait chacun de mes gestes ou me ridiculisait devant les invités. Ma mère n'y voyait que du feu. Elle me répétait, le cerveau aplati par son rêve d'une vie modèle : « Nous trois, on fait une belle famille, hein ? » Monsieur doberman avec madame caniche miniature et moi... un mélange de husky et de louve ! Bon, c'était ma perception subjective de l'époque. La réalité était plus ordinaire : j'étais une chienne errante, blessée et prête à mordre au premier contact. La sonnerie de mon cellulaire m'avait tirée de mes réflexions. Ma mère.

Toujours à San Diego ?

Oui. Qu'est-ce qui se passe ?
Il est 1 h du matin pour toi ?

> Jean n'est pas encore arrivé.
> Je l'attends.

J'avais levé les yeux en implorant le ciel pour que ma mère arrête de s'acoquiner avec des coureurs de jupons.

> Va te coucher, maman! Tu sais bien qu'il ne rentrera pas ce soir!

> Tu es dure avec moi.

Elle pleurait, j'en étais sûre. Pourquoi lui avais-je offert ce maudit téléphone déjà?

> Mais non… je dis seulement de ne pas t'empêcher de dormir à cause de lui. Garde ton énergie pour ton opération à l'épaule de la semaine prochaine. C'est tout ce qui compte.

> Je sais.

Mon cœur s'était serré. Quand ma mère sombrait, un élan d'héroïsme surgissait en moi comme la réponse à une alarme d'incendie. Je volais à son secours, convaincue que je pouvais la rendre heureuse.

Pourtant, depuis des années, je volais et volais et secourais, mais le bonheur, lui, s'asséchait de son côté comme du mien.

Dimanche matin. Le cadran avait sonné à sept heures. Je m'étais habillée en vitesse, j'avais pris ma trousse de randonnée : crème solaire, casquette, bouteille d'eau et grignotines. Beaucoup de grignotines. D'un pas pressé, j'avais atteint les ascenseurs, et c'était presque en courant que j'étais sortie de l'hôtel. Liberté !

La veille, pendant que je répondais aux larmoyants textos de ma mère, j'avais organisé mon horaire pour éviter tout contact avec Raphaël. Partir à sept heures trente, marcher jusqu'au zoo pour arriver à l'ouverture à neuf heures. Là-bas, incognito entre le panda et les cactus, je flânerais sans crainte. Au retour, manger un *fish and chips* au Fish Market et magasiner des souvenirs dans les boutiques des alentours. Mon dimanche était sauvé. Le lundi, pendant que Raphaël filerait d'une salle de conférence à l'autre, je me délasserais près de la piscine. Mon plan était sans faille. À part un point stratégique : le Fish Market.

La fraîcheur du crépuscule s'était installée tandis que je traînais devant les étalages itinérants de chandails *Tie-Die* aux couleurs vibrantes. C'est là que Raphaël m'avait apostrophée, puis donné deux becs en serrant mes bras chaleureusement. Oui, ces becs-là, ceux des bons amis.

—Tu as mangé où hier soir?

—Euh… Oh! Pas loin d'ici, je me souviens pas du nom.

—C'était bien?

—Oui, j'ai pris quelque chose avec… des fèves vertes.

—Tu attends quelqu'un?

Incapable de mentir deux fois de suite, j'avais balbutié:

—Non… J'ai prévu aller au Fish Market, juste là.

J'avais pointé un stationnement au fond duquel une végétation dense cachait le restaurant. J'espérais le décourager.

—Hé! C'est *le* resto à essayer à San Diego. Il y a deux étages et deux menus différents. Je peux t'accompagner? Mais, sens-toi bien à l'aise si tu préfères être seule…

*Arrrg. À l'aise, ouais.*

—Non, ça va… Viens! Je commence à avoir faim.

Le menu du deuxième étage l'attirait, avec ses sauces au vin ainsi que ses effeuillés de roquette au chèvre et aux noix de pin. C'était loin du *fish and chips*, mais mon tour de taille s'élargissant, ingérer quelques légumes nommés avec poésie ne me tuerait pas. Quand je m'étais assise dans la verrière avec vue sur la baie, j'étais au comble de la défaite: le couple près de nous parlait le québécois. *Cinq à San Diego.*

Pendant le repas, une vague de vengeance montait en moi. Pas de *fish and chips*, pas de paix, pas de dépaysement, et le panda qui n'était même pas sorti de sa cachette alors que je l'avais attendu trente grosses minutes. Maudit sois-tu, boule de poils en extinction ! Et un homme magnifique devant moi m'annonçait son célibat en me racontant que son ex était partie au Lac-Saint-Jean avec sa fille unique de quatre ans. Il m'expliquait qu'ils en avaient discuté, que sa fille préférait habiter avec sa mère, qu'il lui rendrait visite lors de ses vacances et blablabla. Ses propos transpiraient la bienveillance, ses yeux scintillaient en évoquant la vivacité de sa fille. Par réflexe, j'avais répondu d'un rictus dubitatif. Mon expérience avec la gent masculine m'avait enseigné à me méfier des hommes qui camouflaient leur machisme sous une façade doucereuse. Quand dévoilerait-il son vrai visage avec une considération du genre : « T'as pas encore d'enfants ? C'est moche, surtout pour une femme de ton âge. Savais-tu que les ovules vieillissent ? Pas que les bébés des vieux ovules soient moins intelligents, mais... » ? J'avais plusieurs réponses en banque, mais ma favorite resterait : « T'inquiète, je vais trouver un jeune amant, car selon certaines études, la qualité du sperme décline dès le début de la vingtaine. D'ailleurs, savais-tu que le vieux sperme des hommes de quarante-cinq ans et plus double les risques de fausses couches ? »

J'avais analysé le personnage : un neurologue habillé bon chic, bon genre ; cheveux fraîchement coupés, sourcils épilés ; éduqué dans une famille huppée de médecins qui suivent l'étiquette comme les commandements de la bible. Je n'avais vu qu'une chose à faire : agir à l'opposé de son idéal de vie afin qu'il décampe sans se retourner. J'avais donc choisi une bouteille de vin très chère, j'en avais bu les trois quarts, comme de l'eau, sans humer le premier verre. En fine *connoisseuse*, j'avais improvisé un discours sur des arômes de fruits confits, de réglisse alors qu'il goûtait plutôt le vieux fromage et le fût de chêne. J'avais commandé le plus gros plat, prétextant que je n'avais rien mangé de la journée. Je n'avais *pas* mis la serviette de table sur mes genoux. Après avoir englouti le contenu de mon assiette, la serveuse nous avait présenté le plateau des desserts. À son grand étonnement, j'en avais pris deux.

— *These two ?*, avait-elle dit pour vérifier en pointant le gâteau au chocolat et la crème brûlée.

— *Yes, two please.*

À la sortie du restaurant, j'étais éméchée et mortellement ballonnée. Pendant qu'on marchait vers l'hôtel, mon estomac criait de douleur tandis que mon chandail menaçait de rouler au-dessus de mon ventre rond et dur. Sous les lumières tamisées de l'allée piétonnière, avec la marina en toile de fond, c'est là qu'il avait eu l'âme aux confidences.

— En tous cas, Annick... tu es toujours aussi belle.

J'avais pouffé de rire. Décidément, il n'y avait rien à son épreuve. Après mon manège durant le souper, la seule raison pour laquelle il me gratifiait de ce compliment m'apparaissait évidente : le sexe. Pendant le repas, je lui avais révélé la date et l'heure de mon vol de retour. Avec ses chances écourtées de passer à l'acte, il avait opté pour le mode « *flirt* rapide ». Il était prêt à saisir la première femme accessible des environs.

Avec un sourire tendre, il m'avait caressé le dos pendant que je reprenais mon souffle. Les promeneurs nous jetaient des regards réjouis, émus par un couple dans la trentaine qui s'amusait comme des adolescents.

On approchait de l'hôtel, je devais me décider : l'inviter dans ma chambre ou non ? Puisqu'il était mon fantasme de jeunesse, il raviverait peut-être ma libido partie à la dérive depuis des mois. J'avais repensé à notre rencontre à la piscine, à son corps raidi par la nage et la fraîcheur environnante. Mais par sa présence, il m'avait aussi replongée dans mon adolescence, la pire saison de mon existence. En retour, je gagnerais la seule chose qui m'aurait comblée à l'époque. Tout bien calculé, c'était un marché équitable, éthique, biologique et tout ça.

— Tu es dans la tour est ou ouest de l'hôtel ?, avais-je demandé.

— Ouest, au troisième.

— Ah ! Moi je suis à l'est, dixième. J'ai une vue sur le pont et la terrasse du centre de conférence. Tu veux venir voir ?

Il avait haussé les sourcils de surprise. Après avoir regardé sa montre, il avait hésité quelques secondes. Quoi ? J'étais aussi belle qu'avant, mais *avant* je n'étais pas si jolie que ça, alors il m'avait gratifié d'un faux compliment ? Grrr !

— Écoute… je commence tôt demain.

*Vas-y ! Invente une excuse insipide pour me rejeter gentiment.*

— Mais j'aimerais bien voir ça. On monte par-là, je crois ?

Dans l'ascenseur, un malaise s'était installé. Le sien émanait probablement de la culpabilité liée à son faux compliment. Le mien provenait de mon estomac. Je ne pouvais absolument pas avoir une relation sexuelle dans l'état douloureux d'indigestion dans lequel je me trouvais en ce moment. Mais pourquoi l'avais-je invité ?

Dans la chambre, je m'étais précipitée sur la cafetière pour faire chauffer de l'eau. J'avais sorti ma boîte de tisane à la menthe en me félicitant de ma prévoyance, qui allait me sauver de ce faux pas. Sa tasse en main, il avait regardé le paysage que je lui avais vanté. Il devait peut-être penser que la vue n'en valait pas le détour et je lui donnais raison. Entre deux gorgées du liquide tiède, rehaussé d'une saveur de vieux café, je me questionnais sur les différents goûts de menthe d'une compagnie à l'autre. Mais, peu m'importait que celle de San Diego goûte le derrière de vache, je buvais comme une assoiffée du désert en espérant retrouver mon bien-être abdominal le plus tôt possible.

— Je suis content qu'on se soit croisés après toutes ces années. Je me demandais ce que tu étais devenue, quelle vie tu avais choisie.

—Moi aussi.

J'avais répondu ce que je croyais être un mensonge, mais je décelais soudain cette curiosité que j'avais généralement envers mes anciens camarades d'école. Je ne les avais pas connus sous leurs meilleurs jours, aux prises avec les problèmes familiaux, l'apprentissage furieux de l'amour et de l'amitié, les humeurs en yoyo. Prédire le type d'adultes qui allait émerger de cette période nébuleuse était impossible.

À demi assis sur le rebord de la fenêtre, Raphaël affichait un visage détendu en fixant le vide. Il avait murmuré :

—J'avais l'impression que tu savais exactement où tu t'en allais. Ça m'intimidait à l'époque.

—C'est vrai ? Je pensais aussi la même chose de toi, avec des expressions moins… douces et gentilles.

—Je sais, j'étais pas trop ton genre. Chaque fois que je te parlais, tu me le faisais comprendre !

On avait ri.

—J'étais plutôt explosive… et je le suis encore. Mais j'ai appris à doser mes réactions, disons, quand c'est nécessaire.

Je m'étais installée à la petite table près de lui. En silence, on avait admiré le pont, fine ligne courbe sur l'horizon surplombant le cargo Dole, qui mouillait dans le port commercial. Je me sentais bien. L'atmosphère feutrée de la nuit avait engourdi ma hantise du rejet. Je constatais qu'on était simplement deux adultes qui s'étaient retrouvés par hasard, qui profitaient du moment présent. Le sifflet d'un train avait retenti. Une brise timide s'était faufilée par la mince fente de ma fenêtre sécurisée.

— Bon ! Je retourne à ma chambre avant de dire des bêtises, à cause du décalage horaire.

Il avait posé sa tasse près de la télévision. Je m'étais levée pour l'accompagner à la porte en lui rappelant que le décalage n'était que de trois heures.

— J'ai le sommeil fragile, avait-il répliqué.

Avec ses deux becs habituels, il m'avait souhaité une belle nuit. Cette fois-ci, son toucher sensuel de l'épaule, une main près du cou, m'avait fait frissonner.

Perplexe, j'avais accroché le *Quiet Please* sur la poignée de porte. Il avait montré tous les signes de l'homme intéressé, mais il fuyait la conclusion évidente d'une rencontre entre deux anciennes connaissances en vacances. Je m'étais glissée sous les couvertures en statuant qu'il était victime d'austérité sexuelle suite à l'échec de son mariage. J'avais éteint la lampe de chevet, soulagée de digérer en paix. Presque. Ma voix intérieure, impitoyable, s'était réveillée : « Tu t'es bourrée comme un porc ! Qui souffre maintenant ? Toi ! La pauvre innocente incapable d'affirmer qu'elle préférait manger un *fish and chips* toute seule. » En arrière-plan de mon discours enragé, je craignais de m'être gavée afin de me protéger contre moi-même. Contre mon désir qu'il reste auprès de moi.

Quarante-cinq minutes plus tard, la sonnerie du téléphone m'avait tirée de mon sommeil. Ma mère s'était découvert une nouvelle passion nocturne : me texter.

> Dors-tu ?

*À ton avis ?*

> Je dormAIS.

> Excuse-moi, chérie. Je voulais juste jaser.

> Ne prends pas l'habitude de m'écrire à 1 h du matin.

J'avais lancé cette réplique sans réfléchir. Cette minuscule once de reproche déclencherait la HPM : « l'Heure de Panique Maternelle ». Elle avait respecté la minute de silence qui précédait chaque missile de reproches.

> Si tu t'intéresses si peu à moi, tu peux retourner dormir en paix.

Je ne le voyais pas, mais je l'imaginais, clair comme de l'eau de roche : un torrent de larmes écorchant les joues de ma mère. J'avais écrit une phrase rassurante, puis j'avais suspendu mon geste avant de l'envoyer.

Qui était la mère ici? Quand s'était-elle occupée de moi depuis les trente-cinq dernières années? Jamais! C'était mon père qui m'avait épaulée, écoutée, donné les coups de pied au bon moment, et à la bonne place. Malgré le divorce et ses absences prolongées dues à son métier d'ingénieur le menant aux quatre coins du monde, il m'avait tout de même accompagnée durant ses fins de semaine de garde, et par ses appels et ses lettres. Cependant, même s'il avait surpassé les critères du père modèle de l'époque, le pourvoyeur stoïque, je ne lui pardonnais pas son abandon. Il m'avait laissée entre les mains d'une femme malade et instable. Et je le maudissais de m'avoir écartée de son aventure internationale, de la découverte de tant de paysages et de cultures. Aujourd'hui, je conservais une relation amicale avec lui tout en le maintenant à une distance respectueuse. Vu notre passé, je ne nourrissais aucune illusion sur la qualité de son amour pour moi.

Tout à coup, j'avais ressenti une bombe de fraîcheur irradier entre mes côtes. Bon sang! Je n'étais pas responsable de ma mère! Elle était une adulte qui assumait ses choix comme j'assumais les miens. L'évidence me frappait: je l'avais laissée me pourrir la vie tout ce temps, la justifiant et la haïssant à la fois d'être mon boulet de prisonnière.

J'étais fatiguée de ma journée. J'étais épuisée par cette relation.

> Je suis claquée. On se parle demain.

J'avais fermé mon téléphone avant d'avoir reçu sa réponse.

Mon dernier après-midi en Californie me paraissait morne sous le temps prévisible : ciel pur de dix heures trente jusqu'au soir. Aux abords de la piscine, j'avais lu mes courriels et boudé les textos de ma mère en crise. Peu importe mon choix de chaise longue, l'inconfort me harcelait : soit je brûlais sous le soleil, soit je gelais à l'ombre. Une boule de honte et d'espoir au creux de l'estomac, j'avais guetté l'arrivée de Raphaël dans la cour privée de l'hôtel, en vain.

Mon diable interne, l'expert en déformation de la réalité, me persuadait que je l'avais dégoûté, qu'il regrettait d'être monté à ma chambre. Cependant, si j'analysais les faits, juste les faits… Il avait été gentil. Soit, il était retourné rapidement dans ses quartiers, mais il m'avait embrassée plutôt tendrement. À bien y réfléchir, peut-être doutait-il aussi de lui-même ? N'avait-il pas mentionné qu'il partait avant de dire des bêtises ? Quelles sortes de bêtises ?

*Assez ! Tourner en boucle sur des mystères insolubles ne me mènera nulle part !*

Afin de m'évader de mon propre univers chaotique, j'avais ouvert un roman apocalyptique.

Le jour suivant, j'avais sauté dans la douche, puis vérifié mes bagages. Ma valise débordait de babioles inutiles, que je rapportais pour mes amis. C'était mon péché de vacances : enrichir les magasins de souvenirs. Pour compenser ce défaut, j'essayais de trouver des objets de créateurs locaux. J'encourageais parfois un artisan de Chine à Londres et un du Vietnam en Italie. J'avoue… mes principes étaient difficiles à respecter. Dans l'ascenseur, afin de me préparer au retour à ma normalité, j'avais jeté un premier coup d'œil aux textos de ma mère.

> Qu'est-ce que tu as ? Tu es dure avec moi depuis que tu es aux États-Unis. Tu as le mal du pays ?

> Annick ?

> Annick ?

*C'est ça ! C'est de ma faute ! Surtout, ne te remets jamais en question !*

Après avoir rendu la carte magnétique au réceptionniste, j'avais marché vers la sortie, admirant au passage les fontaines d'eau glacée aromatisée de tranches d'agrumes, de fraises ou de concombres. Une silhouette s'était approchée de moi. Je l'avais esquivée, mais elle m'avait suivie.

—Annick!

Raphaël.

—Hé! J'ai pris une chance de t'attendre. Je me suis souvenu que tu partais vers six heures. Je voulais te souhaiter un bon voyage.

—C'est gentil, merci.

—J'aurais aimé t'appeler hier, mais on avait le cocktail de bienvenue, qui s'est changé en souper et qui a continué au bar. Je suis revenu trop tard.

—T'inquiète pas avec ça, je m'attendais pas à te revoir.

J'avais simulé l'indifférence tout en me remémorant chaque coup d'œil anxieux posé sur l'entrée de la cour de l'hôtel pendant mon interminable lundi.

Dans le petit matin gris, ses paupières gonflées de sommeil et sa barbe naissante me tordaient le cœur. Je ne pouvais pas imaginer le jour où j'admirerais un visage semblable à chacun de mes réveils.

—Écoute… euh… je…, avait-il bredouillé.

C'était un gentil garçon, il désirait m'expliquer qu'il serait très-très-très occupé à Montréal et tout le tralala. J'avais tranché dans l'embarras.

—Pas de problème Raphaël. C'était agréable de te rencontrer *ici*.

Je lui avais lancé un regard entendu avant de fuir.

—Oui, c'était *l'fun*, avait-il répondu en me talonnant. Ce que je voulais te dire, c'est que j'avais

29

repensé à toi dernièrement et… j'avais aussi trouvé ta page Facebook, mais j'hésitais à te contacter. J'aimerais qu'on se revoie… si ça te tente, bien sûr.

Je n'en croyais pas mes oreilles. Trop habituée aux déceptions, j'asséchais avec férocité toute semence de bonheur qui osait germer en moi. J'avais consulté ma montre : le temps filait, je devais sauter dans un taxi. Je lui avais laissé mon numéro de téléphone en bafouillant de m'appeler à son retour en ville. Il m'avait donné une brève accolade.

J'avais tenté de me calmer durant mes deux vols, mais l'anarchie régnait dans mon esprit et dans mon corps. Ma petite Annick intérieure commençait à escalader ses murs de protection avec détermination, mais je doutais qu'elle fût capable d'enjamber les barbelés acérés qui l'attendaient tout en haut des blocs de béton.

Descendue de l'autobus à Berri-UQAM vers dix-neuf heures, j'avais marché jusqu'au parc Lafontaine. Le roulis de ma valise sur le trottoir rythmait ma nonchalance post-avion. Des nuages bas bloquaient le ciel, l'air sentait l'orage. Le temps suspendu avant la tempête me gonflait tranquillement de liberté. Ma minute de pur bonheur, ruinée par Raphaël trois jours plus tôt, s'installait de nouveau en moi. Non pas brève et violente, mais veloutée, enveloppante.

J'avais relevé le col de mon manteau en bifurquant à l'intérieur du parc. Rien ne devait altérer ce moment de bien-être.

Dans ma poche, la vibration de mon cellulaire annonçait un message. Ma mère, l'acharnée.

Es-tu à Montréal ?

Oui.

J'étais inquiète.

Tout va bien. Même super bien !

Jean n'est pas rentré de la fin de semaine.

Je m'étais assise sur un banc près du plan d'eau, j'avais lu et relu sa phrase. Le calme. Pas d'héroïne qui brûlait de combattre les malheurs de ma mère, pas de frustration envers Jean, son conjoint du moment. Aucune déception devant la totale indifférence de ma mère pour sa fille unique. Juste l'irrésistible envie de vivre pour moi, par moi.

Super ! Tu n'auras pas le trouble de le mettre dehors.

> Tu me brises le cœur. Jean est l'homme de ma vie et je suis en train de le perdre.

> Franchement, maman! Tu m'écriras quand tu auras quelque chose de plus intéressant à raconter! Bye.

Silence texto. J'avais forcé la note, un peu. Fidèle à la tradition familiale, ma mère me bouderait quelques semaines, mais reviendrait dans mon quotidien comme une sangsue indélogeable. Ça me laisserait du temps pour repenser ma relation avec elle, définir mes limites et, surtout, arrêter de payer ses comptes de cellulaire!

Une femme enceinte, dans la jeune quarantaine, s'était assise près de moi. Elle avait déposé ses sacs de provisions en soupirant. Nos regards s'étaient croisés. Une main sur son ventre, elle avait répondu à mon interrogation silencieuse.

—Huit mois.

—Félicitations!

Elle m'avait gratifiée d'un sourire fatigué en replaçant une mèche de cheveux rebelle. Mon téléphone avait bourdonné sur le banc : un message de Raphaël.

> Bon vol?

Turbulences et toilette
bouchée sur le 2ᵉ. ☹

Ouark !!!

Cinq secondes plus tard, une nouvelle phrase apparaissait à l'écran.

Tu fais quoi samedi ?

Une bouffée de chaleur m'avait traversée. Mon réflexe de réprimer tout espoir ne parvenait pas à taire ma joie tant elle explosait dans toutes les directions. J'avais envie de courir ce risque. Oui ! Comme la femme à côté de moi acceptait le risque des vieux ovules, le risque d'un accouchement difficile, le risque d'un enfant malade, le risque d'un couple qui s'effrite, le risque d'une crise économique, le risque d'une catastrophe naturelle. L'acte d'une naissance était *sans garantie légale* : personne à poursuivre en cas de vices cachés. Au mieux, je découvrirais le vice caché de Raphaël dans deux semaines. Je serais déçue. Au pire, il débusquerait le mien et fuirait à grandes enjambées dans deux jours.

Pour découvrir notre avenir, je devais insérer mon cœur dans l'engrenage.

Je t'attendrai à l'aéroport.
Tu arrives à quelle heure ?

17 h 19, pas une minute de plus. ☺

J'y serai.

Recevez du contenu exclusif en vous abonnant à mon infolettre : <u>karineraymond.com/infolettre</u>.

## AVEZ-VOUS AIMÉ CE LIVRE ?

Les commentaires aident réellement les auteurs à faire connaître leurs œuvres. Si vous avez aimé ce livre, n'hésitez pas à écrire une critique sur votre plateforme favorite, ce serait grandement apprécié !

# LIMONADE & KIMCHI

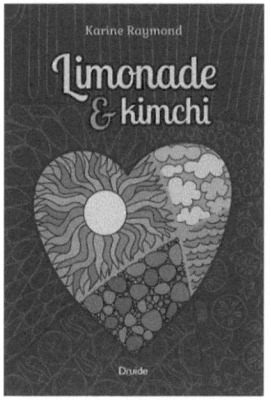

À vingt-trois ans, Jade commence sa vie adulte comme on se lève du mauvais pied : son copain l'a quittée, son genou blessé tarde à guérir, et elle déteste son nouveau boulot. Pour couronner le tout, elle a accepté à contrecœur un voyage de réconciliation mère-fille en Corée du Sud, voyage qui ne se déroulera pas du tout comme prévu.

À son arrivée à Séoul, empêtrée dans ses bagages sous une pluie diluvienne, Jade rencontre Seonjae. Tous deux frustrés de leurs vies en général et de leurs déboires amoureux en particulier, ils s'attirent, puis se repoussent. Au fil des kilomètres et des traditions qui les séparent, trouveront-ils le courage de défricher leur propre chemin ?

# LIMONADE & KIMCHI

## EXTRAIT

### *L'printemps dure pas longtemps*

*20 juin 2015*

C'était ici, assise sur les planches humides du quai, qu'elle avait embrassé Laurent pour la première fois huit ans plus tôt. Pendant ce temps, autour du feu de joie, une dizaine de copains célébraient la fête nationale en chantant le traditionnel *Heureux d'un printemps* de Paul Piché. Le tonnerre grondait au loin quand les lèvres de Laurent avaient rencontré les siennes.

Jamais Jade n'aurait pensé à séduire Laurent. Certes, il était grand et beau avec ses longs cils brun pâle, sa peau lisse et son regard perçant, mais c'était le don Juan sans attache de la polyvalente. «Y'a rien à faire avec ça», avait-elle confié à sa meilleure amie Lina après la fête. Contre toute attente, ils s'étaient accrochés l'un à l'autre, puis fiancés. Il l'avait quittée le six mars dernier. Huit années de vie mises au rancart avec ses meubles et ses vêtements qu'il avait ramassés en coup de vent le lendemain de leur rupture. Bien plus que le manque, c'était la honte et la culpabilité qui avaient hanté Jade. Tant d'efforts investis dans ce couple… pour rien. Qu'est-ce qu'elle n'avait pas compris ? Qu'avait-elle fait de travers ?

*On vit rien qu'au printemps*
*L'printemps dure pas longtemps[1]*

Jade jeta un œil au chalet familial de Lina. Sa copine textait avec sa mère sous le plafonnier en fer forgé qui s'harmonisait aux murs en bois rond. Malgré ses vingt-trois ans, elle devait se rapporter au centre de contrôle parental tous les soirs où elle s'absentait du foyer.

Il était près de minuit, mais Jade n'avait pas envie de se terrer dans la maison. Pas tout de suite. Elle replia le bas de son jean, puis plongea ses pieds nus dans le lac glacé de juin. Les étoiles brillaient dans le ciel indigo de Rawdon tandis que la brise caressait ses cheveux.

Elle massa son genou gauche blessé lors d'un accident de vélo au mois d'avril. Fracture de la rotule. Suivie d'une bonne dispute avec sa mère. Fracture de la communication. Pour couronner l'affaire, elle détestait l'ambiance paranoïaque du cabinet

---

1. Paul Piché, « Heureux d'un printemps », *L'un et l'autre*.

de notaires qui l'employait. Décidément, la chance n'était pas de son côté.

En se penchant au-dessus de l'eau, elle sentit son pendentif porte-bonheur bouger sous son chandail. De ses doigts, elle caressa le coquillage qu'elle ne retirait jamais. Une coquille érodée par la mer de l'Est qui l'avait suivie depuis dix-sept ans et à laquelle Jade avait attribué toutes sortes de pouvoirs surnaturels. Elle courba l'échine. La trajectoire de sa destinée ne laissait planer aucun doute : son coquillage fétiche avait perdu sa magie. C'était l'heure d'accepter la vie d'adulte, de se soumettre aux relations superficielles, aux horaires de bétail et à la dictature de la bureaucratie.

Après avoir ôté le collier, elle le tint au-dessus des vaguelettes qui chatouillaient le ponton. Le bruissement des roseaux annonça la venue de Lina. Sans se retourner, Jade l'interpella :

— Ç'a été long.

— Quoi ? Euh… pas tant que ça, comme d'habitude.

Elle s'assit. Malgré la pénombre, Jade décela son air coupable de l'enfant pris la main dans le sac de bonbons. Lina détourna les yeux, ouvrit sa lampe de poche et la braqua sur le coquillage.

— Qu'est-ce que tu fais ?

— J'arrête de faire l'autruche devant l'état lamentable de ma vie : je déclare mon porte-bonheur brisé. Je vais le renvoyer à ses origines.

Jade écarta les doigts, mais Lina lui arracha la chaîne de la main en la traitant de tous les noms.

—C'est *toi*, ce coquillage. Je t'ai jamais vue sans lui. Pas question de le jeter dans le lac! En plus, on n'a même pas résolu son mystère.

Son amie passa son index sur une inscription au feutre à demi effacée au creux de la coquille. D'un côté, cela ressemblait à -V, de l'autre à un A sans la barre horizontale suivie du signe moins. Au fil des années, elles avaient fouillé le Web, puis inventé des centaines de possibilités. Lina réfléchit à voix haute :

—C'est peut-être une prière lancée dans la mer pour obtenir un A- au bulletin ou le logo d'une secte meurtrière. Ou si on le retourne ; -V pour… hum… Moins de va-vite. C'est ça! C'est quelqu'un qui souffre de diarrhée chronique.

—T'es dégueulasse! s'exclama Jade en retirant ses pieds glacés de l'eau. Je te l'ai dit, c'est un *s* en alphabet coréen. Rien de très intéressant.

Avec la manche de sa veste, Jade essuya ses mollets, puis réchauffa ses orteils en les enveloppant de ses doigts. Lina dégagea ses cheveux noirs et passa la chaîne en or autour de son cou en affirmant que le porte-bonheur fonctionnait à merveille : sa magie avait délogé «Laurent la sangsue» afin de laisser le champ libre pour un «vrai mec».

*Un vrai mec… Est-ce que ça existe?* pensa Jade.

Lina continua :

—Je le garde en attendant que tu retrouves tes esprits. La chaîne est sûrement d'une bonne qualité, ta mère achète pas de la *chnoute*.

Jade fronça les sourcils en admirant sa meilleure amie. À part son humour douteux, Lina avait tout pour elle. D'un naturel positif et sociable, elle avait une discipline de fer et une mémoire d'éléphant, ainsi que la taille fine typique des Chinoises, le teint doré, des traits raffinés, des yeux en amande et des iris marron pleins, profonds. Structure osseuse nord-américaine oblige, même au bout d'une grève de la faim suivie d'un don de tous ses organes, Jade ne pourrait jamais être aussi mince que Lina. Certains jours, Jade l'enviait et, d'autres jours, elle se demandait ce que Lina lui trouvait, à elle: la grande blanche introvertie, moyenne dans ses résultats scolaires, démotivée au travail, nulle dans ses relations amoureuses. Un brouillon.

Le regard posé sur les montagnes noires de l'autre côté de la berge, Lina sourit.

—Ça me rappelle notre premier jour d'école.

Tout comme le voyage mère-fille qui avait précédé son entrée à l'école primaire, cette période de la vie de Jade était floue. Seul un goût amer persistait.

—À la récréation de l'avant-midi, tu m'avais attendue à côté de la porte de la classe en tenant ton coquillage dans tes petits doigts. Quand je suis passée devant toi, tu as dit: «Tu viens de Séoul.» Comme si c'était une évidence que tous les Asiatiques étaient sud-coréens.

—Non! J'ai pas dit ça? Lina hocha la tête.

—Ma famille avait déménagé dans un nouveau quartier durant l'été, et mon père m'avait expliqué les divisions de la ville de Montréal. J'étais convaincue que Séoul était un arrondissement que je ne connaissais pas, alors j'ai répondu : « Non, je viens de Notre-Dame-de-Grâce. »

Jade pouffa de rire.

— Je ne peux pas croire qu'on est devenues amies après ça.

— Moi non plus.

Sur le chemin du retour, tandis que Jade éclairait le sentier, Lina demanda :

— Et c'est pour quand ton voyage de réconciliation à Séoul avec ta mère ?

— Au mois d'août, dit-elle, grincheuse.

— Quoi ? T'as pas envie d'y aller ?

— Bof. Faut faire avec.

Au loin, une sonnerie de téléphone retentit. Jade courut jusqu'au chalet. Elle repéra l'écran lumineux de son cellulaire laissé sur la table basse en bois de grange.

— Jade, je te réveille ?

La voix éraillée de Marc, son père, donnait l'impression que c'était plutôt lui qui venait de sauter du lit. Il s'excusa d'appeler à une heure aussi avancée, puis la pria de rentrer à la maison le lendemain matin.

— Ta mère a eu un petit malaise. On est à l'urgence. L'estomac de Jade se noua.

— J'y vais maintenant. Vous êtes à quel hôpital ?

— Non, non. Il est tard, et tu as sûrement bu, ce serait pas prudent. Je veux pas te voir ici avant demain.

: :

Le roman *Limonade & kimchi* est offert dans toutes les librairies en format papier, EPUB et PDF.

# DE LA MÊME AUTRICE

**Romans**

*Limonade et kimchi*, Éditions Druide, 2021.

*Rannaï – Tome 2*, Éditions Druide, 2016.

*Rannaï – Tome 1*, Éditions Druide, 2014.

    *Finaliste : Prix Cécile-Gagnon 2015.*

    *Finaliste : Prix jeunesse des univers parallèles 2016.*

**Nouvelles**

*Percer les ténèbres*, recueil de nouvelles, 2024.

*Pendant l'hiver*, Solaris n° 206, 2018 (collectif), réédition sous le titre *Hiver nucléaire* : EPUB et papier 2024.

*Les Mémoires de sainte Marcelle*, Solaris n° 181, 2012 (collectif), réédition : EPUB 2022, papier 2024.

*La Malédiction d'Iris*, Brins d'éternité n° 45, 2016 (collectif), réédition : EPUB et papier 2023.

*Toi et moi à San Diego*, édition EPUB 2022, papier 2023.

*La peur des chats*, Brins d'éternité n° 53, 2019 (collectif).

**Nouvelle en anglais**

*Apex Generation,* A Short Story, 2025.

**Poésie**

*Ancrage*, Le passeur n° 49, 2023 (collectif).

# À PROPOS DE L'AUTRICE

Nichée sur une montagne des Pays-d'en-Haut, Karine Raymond écrit des romans et des nouvelles entre deux contrats de graphisme.

Pendant qu'elle travaille, elle espère que sa chienne Nabi et la marmotte lui céderont une part de récolte du potager.

⊕ karineraymond.com
✉ info@karineraymond.com
🅵 karine.raymond.auteure
🅾 karine_raymond_auteure